Annie Ernaux

我的青春之城

回到伊沃托

Retour à Yvetot

[法] 安妮·埃尔诺 著

金桔芳 译

上海译文出版社

图字:09-2023-0059 号

图书在版编目(CIP)数据

我的青春之城/(法)安妮·埃尔诺著;金桔芳译
. —上海:上海译文出版社,2023.11
ISBN 978-7-5327-9390-7

Ⅰ.①我… Ⅱ.①安… ②金… Ⅲ.①短篇小说-小说集-法国-现代 Ⅳ.①I565.45

中国国家版本馆 CIP 数据核字(2023)第 185817 号

我的青春之城
[法]安妮·埃尔诺 著 金桔芳 译
责任编辑/黄雅琴 装帧设计/任凌云

上海译文出版社有限公司出版、发行
网址:www.yiwen.com.cn
201101 上海市闵行区号景路 159 弄 B 座
苏州市越洋印刷有限公司印刷

开本 850×1168 1/32 印张 4.5 插页 5 字数 33,000
2023 年 12 月第 1 版 2023 年 12 月第 1 次印刷
印数:0,001—6,000 册

ISBN 978-7-5327-9390-7/ I·5864
定价:54.00 元

目录

新增版序

十年前，我受伊沃托市的邀请在市立多媒体图书馆做一次讲座。来到伊沃托，意味着重返我从五岁到十八岁连续生活过的，后来在鲁昂求学期间又断断续续生活，直到二十四岁的成长之地。我无法想象，如果没有这座当时只有七千人口的城市，没有它的街道、商店、建筑物，没有包括我父母的咖啡杂货店在内的它的社会地志结构的话，我的童年和少年时光会是怎样的。我决定以此作为讲座主题，描写我是如何借助自身经验——它勾连了城市的不同区域，以及构筑起城市的不同阶层——让这座城市成为了我的写作所深深扎根的不朽之地。

最初的文稿我一字未改，但我希望提供一些能够引起共鸣的档案材料，以此充实2012年的这场演讲。比如说，从六年级[1]的学业手册中节选的一页成绩单，还有那篇关于我想象中的厨房的作文——厨房的样板是我在《时尚回声》杂志中剪下来的，我在这篇作文中集结和混合了看书时得到的素材，自认为从扶手椅到爵士乐再到画作，无一不体现了高尚品味。然而塑胶桌布跑了调，那是唯一真实的细节。在这份超现实的拼凑作品中，今天的我读出了描写“我最喜欢的房间”的不可能，因为我的家本就是个杂货店，这在我眼中无疑是离题的。真实的厨房，是咖啡馆和杂货店之间的狭窄通道，位于楼梯下面，没有自来水也没有洗碗槽，只是一个放在碗柜上的盆子，配不上学校所代表的体面。

展示一些与某位同学的通信——我提到了她父亲的图书室及其对我造成的震撼——在我看来可以为我的青春写下一条生动而细腻的注脚。和玛丽－克劳德

1　法国初中教育的第一年。

说话时，我的语气轻快而活泼，我可能是想要取悦她吧，想要成为她那样的人。她住在勒特莱[1]的一座新房子里，父亲是船舶厂的工程师，这家船舶厂养活了这座塞纳河畔小城的所有居民。她送给我弗朗索瓦丝·萨冈的新书，也借给我很多新书。我说一年前的自己“有点儿傻，有点儿保守”，意思就是说，我和她越来越像，最初那些信的主旋律是百无聊赖和时光流逝，展示了我在《一个女人》中所写的内容，我在一张照片下面写下这段话：“我以浪漫的方式经历着青春叛逆，就好像我的父母属于布尔乔亚阶层。”当我成为大学生后，我拒绝了她的出游建议，当时我用英语向她袒露了自己要留着一笔钱（奖学金）去西班牙的需求。

最后，作为对最后一封信的呼应——在这封信里我表达了自己“传递信息，也就是通过艺术传达另一种视角”的渴望——我放了一页1963年日记的节选，当时我完成了一部书稿，但被瑟伊出版社拒绝了。我觉得这页日记表达了在那之后挥之不去的某种东西：

1　法国诺曼底地区滨海塞纳省的一个市镇，距伊沃托20公里左右。

爱与写作之间的两难困境，为我的族群复仇，以及长久以来被压制的，对于父母家庭的依恋。致伊沃托，这座我不断重返的故居。

安妮·埃尔诺

首版时伊沃托市政府的致辞

我们怀着极大的满足庆贺本书的出版。这是安妮·埃尔诺于 2012 年 10 月 13 日在伊沃托所做讲座的文稿。我们很高兴以这种持续的方式，在本市的记忆中留下这次重大文化活动的记忆。对我们来说，这是安妮·埃尔诺首次以官方的形式回到她的童年之地。同时，我们也很骄傲地看到在这个秋日的午后有那么多听众赶来参加活动。他们明白，这次会面是多么难得，多么具有“历史性”。因为，这不仅仅是对童年回忆的追溯，我们听到和看到的是记忆如何转化为一部具有普世意义的文学作品的素材。我们要向安妮·埃尔诺致以热烈的感谢，感谢她让我们经历这难忘的时刻。

我们也想感谢科地区[1]遗产研究中心、伊沃托的阿尔米提耶书店、市文化发展专员安娜－艾迪特·波雄、市镇间多媒体图书馆馆长帕斯卡尔·勒屈耶，没有他们的帮助这次活动就不可能成功举办；同时感谢上诺曼底大区的文化事务局（DRAC）和滨海塞纳省议会的经费支持。

杰拉尔·勒盖，伊沃托地区市镇社区主席

埃米尔·卡尼，伊沃托市市长，市议会副主席

迪迪埃·泰里耶，市议会副主席，文化及交流事务主管

弗朗索瓦丝·布隆代尔，市议员，区域遗产宣扬事务代表

1 科地区（pays de Caux）是法国诺曼底的一个传统地区，涵盖了滨海塞纳省的大部分，东部与布雷地区相邻，地区的主要城镇为勒阿弗尔、第厄普、费康、伊沃托和埃特勒塔。

回到伊沃托

重返

自我的第一本书《空衣橱》出版以来，掐指已有将近四十年时间。期间，我去过许多城市，见过许多读者，有在法国的，也有在世界各地的。然而，我从来没有回到伊沃托，尽管收到过好几次邀请。

所以我不难想象，伊沃托市和周边地区的居民会从中看到一种傲慢，一种根深蒂固的怨恨，也许还会将它归结为一种忿忿不平。不管怎么样，我“借用”了伊沃托，我所认识的地点和人，我从伊沃托这个度过了童年和少年时代的地方得到了很多，而从某种意义上来说，我拒绝向它提供任何东西。

当然，作为外甥女、表姐妹和家庭成员，我一直往来于伊沃托，我的家人一直生活在此地。我也曾作为女儿，作为父母以及七岁便早夭的姐姐的守墓人回去。甚至还有一次，十五年前，我曾以七年级[1]学生的身份回到当年的圣米歇尔寄宿学校，与昔日同窗在铁路旅馆的饭桌上再聚首。我还从来没有以写书和出版书的女作家的身份回来过。可以说，从某个私密而深刻的角度来看，伊沃托是世界上唯一一座我去不了的城市。为什么呢？很简单，因为它和其他任何城市都不一样，对我来说，它是我最核心的记忆所在地，是我童年和求学回忆的所在地，而这段回忆是与我的书写息息相关的。我甚至可以说是无法磨灭的。这次，我接受了市政府邀请，同时这也意味着接受在最相关的公众，也就是伊沃托居民的面前进行自我解释，去述说我对这座城市的回忆是如何与我的写作连接起来的。

1　法国小学教育的最后一年。

废墟

三十年来，我在多次匆匆往返伊沃托期间注意到了一些变化，一些破坏。有些老旧的东西消失了，令我很是悲伤。比如谷仓，那里有著名的大柱厅和勒洛瓦老电影院。回到家之后，我一点儿也记不起方才见过的城市，想不起它现今的样子，它有了新的商店和新的建筑。真实的城市被抹去了，从未在我脑中显现，我几乎立即就忘记了它。我曾住过的房子也一样，彻底变了样，当我开车经过时，一眼瞥过之后立刻忘却了。此时，记忆比现实更加强烈。存在于我心目中的，是我记忆中的城市，这片见证我懵懂初开的特殊之地。

我以欲望、梦想和屈辱填满这片土地。换句话说，这是一片与现今真实的城市大相径庭的土地。

我与很多居民共同分享这片伊沃托为我构造的经验之地，但我们的方式不一样，首先是年龄不一样；其次，在城市中居住的街区、就读的学校不一样；最后，尤其不一样的是父母的社会阶层。

我生于第二次世界大战期间，1945 年秋来到伊沃托，在这里度过了人们口中“光荣三十年”相当长的一部分，那是生活水平改善，未来愈发美好的时代。很明显，我对于这座城市的记忆被历史刻下了深深的烙印。

首先是历史，那是乔治·佩雷克所说的“擎着巨斧”的历史，但已经不再是我 1944 年在利勒博纳[1]经历过的轰炸的喧嚣，当时整个诺曼底无一幸免于难。不，当我来到伊沃托，这里出奇地安静，满目疮痍无声地在伊沃托市中心数百公顷土地上铺陈。伊沃托这座城市总共被摧毁过两次，首先是 1940 年在不甚明了的情

1　位于法国诺曼底地区滨海塞纳省，是安妮·埃尔诺的出生地。

况下遭了火灾——集体记忆将此次不测归咎于市政官员和总本堂神甫，我摘录如下："所有人见到德国鬼子都赶紧溜走了……"然后是1944年遭到盟军轰炸。我目睹了市中心的建筑渐次林立，人们把它们叫做"现代"建筑，虽然到今天它们也已经有六十年的历史了。在所有这些建筑矗立的地方，我们得想象一片凌乱的废墟，充斥着断壁残垣，地上布满巨大的弹坑，还有一些房子——胜利宾馆——不知怎的得以幸存，这里那里还留下一家商铺，以及教堂。

这就是我随父母来到伊沃托的第一天看到的混乱景象，我坐在搬家卡车的前排，坐在父亲的膝盖上。四面八方涌来的人群加剧了这种混乱，阻碍了卡车的前进，因为这一天是圣吕克日，应该也是战后第一个市集日。我不知道是不是这种节日与废墟的结合造成了我身上对市集日——就是人们所说的赶集——一直以来的恐惧和向往，不管是在伊沃托还是后来在鲁昂——在鲁昂，集市占据了整条伊瑟尔大街。但我可以确定，这个最初的形象给我留下了难以磨灭的印象。

后来不管我去哪里，每一片废墟，甚至是罗马、巴勒贝克的古代废墟景象，都会将我在无意识中带回童年。每一道我所见到的保留着炮弹痕迹的墙，比如2000年在贝鲁特，都令我战栗不已。

机缘巧合，在1970年代中期，我来到一座刚刚横空出世的城市，塞尔吉[1]，人们称之为“新城”。到处都是吊车、挖掘机、建造中的公路和楼房，其规模是伊沃托市中心重建工地的十倍，而后者持续了十年，即我童年和少年时期的大部分时光。在塞尔吉这座预计人口十万的城市里，回荡着在诺曼底光辉的重建时代我那座战后小城的形象。那些岁月同时伴随着全民对于社会发展的良好愿景和对进步的信心。我们身上对于地点的记忆有如羊皮纸，那种被剐蹭过的、带有许多层书写痕迹的稿纸。有时候那些旧的书写痕迹仍然依稀可辨，重新显现出来。1975年，在建设中的塞尔吉，我读到了，“看到了”1950年代大兴土木的伊沃托市中心。

1 法国瓦兹河谷省的一个市镇，属于大巴黎地区。

经验之地

我的记忆中没有伊沃托完整的地志布局，尽管小时候我曾在周日与母亲信步走过大部分街区，后来也曾与表姐柯莱特骑单车穿行于各个角落。是确切的居所和熟悉的路线在我们身上刻印下一座城市个人化的面貌。早在“街区”（quartier）作为贫穷和危险地区的同义词被政治和媒体评论家挂在嘴上之前，在我童年时期，说到“街区”，那是市中心的对立物，言下之意远离市中心，而且通常居民收入较低。有时候，它还意味着坏名声。在这些街区，道路没有名称，它们既然位于城外，便常常只是些无名的街道。多年来时光流逝，这些街区所经历的沧桑巨变使我有理由将它们一一罗列：雷非尼街区、不莱梅街区、赛马场街区，当然还有费伊街区。总的来说，我们都是相对于市中心来进行自我定义。直到今天，我都不知道如何确定市中心的轮廓和边界，它们并不以有形的方式存在，但在语言中却是真实的，因为当人们去勒梅尔大街或基督受难路、水塘路、卡尔诺路、邮局或市政厅时会说“我去城里”，“我上城里去”，甚至还有“我去伊沃托”。我家族中的很多人，我和我的双亲，属于那些会说“我去城里”的一类人，就好像要去的是某片不属于他们的土地，在那里最好衣冠楚楚，妆发齐整。在那片土地上，因为会遇到很多人，所以可能会受到三六九等的评判。那是一片他人的眼光之地，因而有时也是一片耻辱之地。

我的言下之意是，市中心和各个街区会有空间上的区隔，除此之外，还存在着另一种区隔，一种社会属性上的区隔。但切勿把它和地志上的划分混为一谈，因为就算富人住着别墅或大房子，和他们毗邻而居的也会是局促地挤在没有自来水也没有室内卫生间的“平房”之中的工人、无收入的老人和多人口家庭。用我们今天叫做“社会混合”的这个词可以概括我的世界、我那片经验之地的特征，这片土地包括了火车站、共和国路、克洛岱巴尔街、卡尼桥外围和处于收容所及其钟楼阴影下的赛马场街区。在这片区域之内，我可以说亲眼目睹了社会差别和社会不公。由于我父母的地位，我自己也受尽了阶级歧视和富人的傲慢对待。

在此，我不再赘述已在《位置》和《一个女人》这两部作品中详细谈到过的那些东西：有限的阶层迁升促使我那工人出身的父母开了一家咖啡杂货店，一开始是在利勒博纳，后来在克洛岱巴尔街的路口。但我将着重从我孩童和青少年的视角记录最赤裸裸甚至最暴烈的社会现实的撞击，这些场景每天都在我父母的咖啡杂货店里上演，在这些完全以商业经营为目的的场所，隐私几乎不存在。“妈妈，有人来了！”当母亲出于某种原因离开了一会儿，听不到店铺里的铃声时，我就得喊叫起来。可以说我周围永远都有很多人，总体上我是在鱼龙混杂的人群中长大的，即便大部分顾客属于街区里最贫穷的那帮群体。与市中心现代化的商店不同，这里没有无名氏，每位顾客都是有故事的人，家庭的、社会的，甚至性爱方面的，这档子事在杂货店里以隐语的方式流传着，我当然不会错过任何细节。这是一个与经济现实关联的大千世界，我父母也是其中一员，生活在对短缺和对“办不成”的担忧里，每晚盘账时看着那点不断缩减的营收愁眉不展。我还记得街区里所有那些人，有的是顾客，有的不是。写《空衣橱》时，一张张脸在我眼前浮现，但当然，我对名字作了改动。

在之后的另一本书《耻辱》中，我曾写道：“在 1952 年，我对 Y 市之外（注意：我并没有写伊沃托的全称，而仅仅以 Y 替代，因为对我来说，这是一座神话之城，一座起源之城。），对它的道路、商店、居民之外的世界一无所知。对于 Y 市的居民来说，我是安妮 · D. 或者‘小 D’（你们知道的，安妮 · 杜轩尼）。对我来说没有别的世界。所有的话语都离不开 Y 市，人们根据它的学校、教堂、卖新鲜玩意儿的商贩、节日来进行自我定位，放飞欲望。”

除了伊沃托外没有别的世界，在很长时间内一直是这样——直到十八岁——但对我来说有两种逃逸的途径，在学校学到的知识和阅读。在那时已经是这样，后来更会是如此。

上学

圣米歇尔寄宿学校当时位于伊沃托市中心，它今天仍然在那里。家和学校之间，我每日要走四次，从六岁一直到十八岁。即便如此，在谈到这段路时，我从来不会说："我去城里。"起码频率并不比我那些住得离学校很远，要骑自行车上学的同学更多。那仅仅是学校而已，一个其他的世界，封闭的世界，与我的家庭空间截然相反。这是一所教会学校，一所天主教学校，宗教教育和祈祷在那里占据了在今天难以想象的重要性。除此之外，它还被很多人视为"富人学校"，这一评价从某些方面来看是有失公允的：尤其是小学阶段，学生中有很多工人子弟。但富人的孩子，那些人们称之为“好家庭出身的孩子”，即便资质平平，在这所学校里虽然拿不到更好的分数，但也能得到更多的关注。

这个与我的家庭格格不入的求学环境为我打开了知识、抽象思维和书面语的大门。它赋予了我以精准的方式描述事物，褪去语言中方言——在平民阶层中很通行——的残留，以“正确”的、合法的法语进行书写的能力。

我很早就体会到学习的乐趣，尤其是在母亲的鼓励下。我知道父母喜欢看到我热爱学习的样子……我想起一桩轶事：六年级开学的时候，班主任佩尔内小姐走进教室，径直问我们谁想学拉丁语。我的父母根本不知道有这回事，我也没有问过他们的意见，就与班上三四个女生同时举起了手。我觉得能在英语之外学习拉丁语真是太棒了，放学时得意洋洋地将这个消息带回了家！爸妈肯定会很高兴。他们也确实如此。但这门课是额外的，所费甚巨，但母亲——是她掌管家里的开支——并没有不乐意，甚至都没有因为我的自作主张而责备我。

但与此同时，学校也逐渐将我剥离了家庭环境，老师的话语、她们的用词、卫生制度以间接而持续不断的方式将后者污名化。不久之后，还有与其他学生的比较：她们的衣着更加光鲜，她们会去度假、旅行，她们拥有古典音乐唱片。我在一些难忘而隐秘的场合感受过这种社会耻辱，我可以举一个我作品之外的例子。去年在准备一个以《自传与社会轨迹》为主题的见面会时，我想起了一件往事。事件如下：

那是个星期六，下午一点半，在四年级[1]的班上，就在法语作文课开始之前，大家闹哄哄地各自入座的时候。当时好像语文老师雪尔菲丝小姐还没有来。一个我不太熟的学生让娜·D——她的父母很有派头，开着城里唯一的一家眼镜店——向着人群叫起来："臭死了，漂白剂！"接着她又叫道："是谁一股子漂白剂味儿？我受不了漂白剂的气味！"我恨不得钻到地洞里去，把双手藏到了书桌底下，也许藏到了上衣口袋里。我羞愧得要死，唯恐被周围的某个人指认出来。

1 法国初中教育的第三年。

因为那个散发漂白剂气味的人就是我。当时，我真希望时间倒流半小时回到家中的厨房间里。吃完饭后，和往常一样，我在放置于碗柜上用于盥洗的水盆里洗了手——家里没有自来水——一点儿也没有因为漂白剂的味道而感到局促，但这次，漂白剂的味道被别人闻见了。

在那之前，“消毒水”的气味——在家里我们是这么叫的，而不是“漂白剂”——意味着干净卫生，那是妈妈外套的气味，床单的气味，洗刷过的地砖的气味，便桶的气味，一种人畜无害的气味。但在那一刻，四年级的我深深地明白了，它是一种社会气味，是让娜·D家女佣的气味，是属于“平凡”阶层——就如老师们所说——的象征，也就是说下层社会。在那一刻，我恨让娜·D。我更恨我自己。并不是恨自己没有胆量承认那是我：我恨自己在水盆里洗了手，恨自己对让娜所属阶层的好恶一无所知。我恨自己为她提供了暗地里羞辱我的理由。我发了誓，再也不会让这样的事发生，以后会对这个气味倍加小心。总而言之，我刚刚与用漂白剂洗手的那几代人脱离了关系。

阅读

和学校一样，阅读于我是一种逃逸的途径和知识的源泉。我不记得寄宿学校曾鼓励学生阅读。在那个时代，天主教教育认为书本——杂志更甚之——具有潜在的危险，是一切道德败坏的罪魁祸首。在颁发奖品的那天，我们收到的书没有任何吸引力，甚至没有什么可读性，愉悦的概念在这些书本上被严厉地祛除了。然而，我还是努了把劲儿，读了《奥马勒公爵》[1]

1 奥马勒公爵，即亨利·德·奥尔良（Henri d’Orléans，1822—1897）：法国国王路易－菲利普一世的第五子。

或者《利奥泰元帅》[1]！亏得母亲和她本人对阅读的喜爱，我才有可能并且得以在初识文字之时就展开广泛阅读，除了大众认知中那些诲淫诲盗的书。这些“不得染指”的书被她藏起来，远离我的接触范围——但其实藏得并不好。就这样，十二岁的时候，掩藏在咖啡盒子之间的莫泊桑的小说《一生》深深地打动了我。但在九岁或十岁的时候，我获得准许可以读《乱世佳人》以及女性报纸和《巴黎－诺曼底日报》上的连载小说。我读得如痴如醉——那是弗兰克·斯劳特[2]、克朗宁[3]和伊丽莎白·巴比尔[4]等人的医学小说时代。当然，还有“绿色图书馆丛书”[5]，那是世界文学名著的改编版，杰克·伦敦、乔治·桑、夏洛特·勃朗特等等。

市中心有两类商店对我来说勾起的是对于欲望和愉悦的回忆：甜品店和与之相较，有过之而无不及的

1 路易·于贝尔－贡扎尔夫·利奥泰（Louis-Hubert-Gonzalve Lyautey，*1854—1934*）：法国政治家、军人。

2 弗兰克·斯劳特（Frank Slaughter，*1908—2001*）：美国小说家、医生。

3 A.J. 克朗宁（Archibald Joseph Cronin，*1896—1981*）：苏格兰小说家、医生。

4 伊丽莎白·巴比尔（Elisabeth Barbier，*1911—1996*）：法国小说家。

5 阿歇特出版社于 1923 年创立的青少年读物丛书，封面为绿色，该丛书在上世纪 50 年代获得了极大的商业成功。

书店。有两家书店，布盖书店和德拉马尔书店，后者的“门廊”下由于安了台电视机而总是有很多人流连，电视在当时可是新鲜玩意，人们在那儿可以边躲雨边看电视。说到这个，我想起一段特别的往事，关乎阅读——或者确切地说是“没阅读”！在橱窗里展示的书当中，有一本叫做《魔鬼附身》。这个书名极大地激起了我和一位同班女生的好奇。我们当时读六年级。我不知道两人中是谁撺掇起要买这本书的，但我记得自己挺起劲的！但却是她，香黛儿，一个农场主的女儿，有足够买下这本书的钱。于是我们就跑到书店去买《魔鬼附身》。女店员看看我们，打量了一番，说道：“可是你们知道，这不适合你们看。”这时，我连眉头都没皱一下，答道：“这是给父母买的！”付钱的香黛儿拥有看书的优先权，她每天在学校里给我讲述一点儿书里的故事。不知怎么回事，我记不得了，反正我从没有拿到过这本书。也许，把《魔鬼附身》带到圣米歇尔寄宿学校来，属实过于冒险。等我到了十八岁，终于读到拉迪盖[1]这本小说时，我又想起了这桩往事，想起了这种对一本书的热切渴望……

那时候，我缺书看，我们缺书看。虽然有市立图书馆，但它只在周日上午开放，其运行方式非常精英主义，读者若非属于有教养的群体，则足以被浇灭一切对于文化的渴望。必须一上来就说："我想借某某书。"这确实不错，但尽管对文化求之若渴，我们却并不一定知道自己会喜欢什么。我们需要信息告知。总之，我在伊沃托的童年和少年时期就是一段持续的对阅读的向往，不但向往着经典文学，也向往着当代文学，所以那也是一段上下求索的时光，通过各种手段去获取在当时还很昂贵的图书。那也是一场对于要读什么的求索，因为不可能读完所有的书，我懂得"全则无益"。拉鲁斯出版社的"小经典文库"在我的文学启蒙过程中扮演了重要角色，同时这也意味着一种失落，因为这套书都是些作品节选。就这样，我在三年级[2]的时候第一次读到了《巴黎圣母院》，那简直是

1 雷蒙·拉迪盖（Raymond Radiguet,1903—1923）：法国作家、诗人。

2 法国初中教育的最后一年。

一场受难，因为全书有四分之三篇幅是缺失的……

我想，一位二年级[1]的女伴和同班同学应该还记得我面对她父亲的藏书室表现出的震惊和迷醉——在家里还能有个藏书室，我甚至想都不敢想！可以拥有那么多的书，这在我看来是一种闻所未闻的特权。

所以，书在很早的时候就构成了我想象的沃土，令我可以投射到我所不熟悉的故事和世界中去。后来，我在书中找到了人生指南，我信任这份指南远胜老师和父母的说教。我当时倾向于认为，现实和真理就在书里，就在文学里。

1　法国高中教育的第一年。

写作

这幅关于我童年城市的记忆全景并非是详尽无遗的，这里面特别缺少了情感教育。这种教育围绕着市中心著名的勒梅尔大街进行，男孩们和女孩们在那里擦肩而过。刚才我主要是想阐明构成我写作基础的东西，现在我将要谈论的是写作，因为是我写的书给了我存在的理由，令我有权在公共场合发表言论……这些记忆与书的内容之间存在什么样的化学反应，这些记忆与写作方式之间存在什么样的关系？

我刚刚提到了阅读在我早年生活中的重要性。我应该补充说，文学科目很快就成为了我在学校里的最爱，我喜欢“法语作文课”，如饥似渴地阅读文学教科书。于是，在职业道路上经历了一些混乱之后——对于那些出生于不了解专业划分的家庭的人来说，这不足为奇，至于什么文科预科一年级、二年级，那就更不必说了——我直到二十岁才怀揣两个目标进入了鲁昂文学院：教授法语和尽快写一本小说。我从来没有想过，作为一个女孩、女性，出生于没有文化的普通家庭，写作是我不能培养的志向。我被信念推动着，认为这首先事关渴望和决心。二十到二十三岁之间，我写了些诗歌、短篇小说和一部长篇小说，我将这部长篇寄给了瑟伊出版社，然后被拒绝了，如今我可以说他们是正确的。在 1960 年代初，我对“新小说”文学运动非常感兴趣——有罗伯 - 格里耶、克劳德 · 西蒙、娜塔莉 · 萨洛特、米歇尔 · 布托等作家。这场运动提倡实验性写作，产出的文本非常难以理解，这一点必须承认。这部我写于二十二岁时的小说与我的记忆毫无关系，它是一种脱离现实的东西，但是野心勃勃。当时并且在那之后很多年，我实际上抹去了我童年和青春的全部记忆，先是在思想角度，然后在地理角度远离了我的家庭和诺曼底。我只接受了一份遗产，那是中小学、大学和文学给予我的遗产。

读过《位置》的人都知道，当父亲于1967年突然去世时，我的记忆才被重新激活，被压抑的记忆重现，我的故事和先人的故事卷土重来。同时，也就在这个时刻，我意识到自己已经发生了蜕变，因为我依凭文化以及婚姻进入了布尔乔亚阶层。

后来，社会学为我提供了用于描述这种情况的恰当术语，即“阶级叛逃者”或“向高处降级者”。就在失去父亲的那一年，我被任命为一所中学的教师，这是我的第一份教职，学校有一部分技术课程班。对于我来说，一次回到现实的机会出现了。我面前有四十个学生，其中大多数来自上萨瓦纳地区的农民和工人阶层。我意识到了他们自身的文化水平与我教给他们的文学之间的巨大鸿沟。我也注意到了一种不公，那就是，通过学校复制社会不平等。学生中有一些就是当年与他们年龄相仿的我的翻版，他们的粗鲁、缺乏礼貌、对主流价值观的无知和我一模一样。从父亲去世——他比母亲更具有代表性，代表着深深植根于工人和农民阶层——以及教授这些学生开始，也就是说从这种双重经验开始，我明白了我应该写什么：写我知道的现实，写我已经经历过的一切。虽然我在童年和青少年时一直生活在梦想和想象中，但是通过一种反向的运动，从我的第一本书开始，也就是《空衣橱》开始，现实和对现实的记忆追上了我，并构成了我作品的原材料。

如何写

知道自己想写什么，这很好，我不是第一个知道要写什么的人，但大问题是：如何写，以何种方式写？我，一个来自克洛岱巴尔街杂货店，在儿童和青少年时期浸淫在一个通俗的口语环境，一个市井世界里的小姑娘，我将用我所习得的文学语言，也就是说既然我成为了文学教师，就用我所教授的语言来书写，并从中寻找写作的榜样吗？我会不问青红皂白地就用我"以非法方式"得来的文学语言进行写作吗？"敌人的语言"，正如让·热内所说的那样，也就是说我所在社会阶层的敌人。我，一个来自社会内部的移民，怎样才能去书写？从一开始，我就陷入了一种张力，甚至一种撕裂之中，介于文学的语言，一种我所学习和喜爱的语言，以及我的原生语言之间，后者是家的语言，我父母的语言，被统治者的语言，也是我后来感到耻辱但仍旧留在我身上的语言。从根本上来说，问题就是：如何，在书写的同时，又不背叛我出身的那个世界？

在我的头三本书里，受到塞利纳的影响，我选择一种激烈的写作（《空衣橱》《冻僵的女人》），但从《位置》开始，也就是从讲述父亲的生平，即一种平凡的生活开始，一种化解张力和撕裂的方法开始显现。在这本书中，我这样解释自己的写作选择：

“为了展现一种受必需性支配的生活，我首先没有权利去从事艺术，也无法去做什么‘激动人心’或‘动人心弦’的事。我将收集一些父亲的话语、动作、品味和生命中的重要事件，以及我也分享过的他人生中所有的客观印记。不加任何诗意的回忆，也没有欢快的嘲讽。我很自然地就使用了一种平实的笔调，就像我从前给父母写信，向他们汇报近况时那样。”

我所提到的这些信件总是以简明扼要的方式写成，特意省略了风格效应，而且用的是与我母亲所写的信件同样的口吻。我的父母并不期望我写出幽默、优雅的东西或者什么书信艺术，而只是希望了解我的生活状况，知道“我在那儿是否过得好”，是否幸福。

更具体地说，《位置》的写作在于创造一种语言，它既是经典文学语言的继承者，也就是说简洁、没有隐喻、没有大量的描写，是一种分析语言，同时也包含了平民阶层所使用的单词和表达方式，有时还有一些方言词汇。但是，由于方言仅与一个有限的地域相关联，为了让所有人都能理解，我解释了词汇的意思，例如“espèce de grand piot[1]”（piot是诺曼底方言中火鸡的叫法）。

将这些词语和句子整合进文本对我来说具有深刻的社会意义，因为正如《位置》中所写的那样，它们“诉说着父亲生前活过的世界的界限和颜色，那也是我曾生活过的世界”。我将通过该书开头的几个例子来对

1 意为“大笨蛋、蠢货”。

这种写作进行拆解：“这个故事发生在二十世纪开始前的几个月，在科地区一个距海岸线二十五公里的村庄里。那时，没有土地的人受雇于当地的大农场主。”“受雇”这个词是我小时候听到的，它引发了我对农业工人与雇主之间关系的所有联想。“我的祖父在一个农场里做马车夫。夏天，他还帮忙收拾干草、收割粮食。他从八岁开始就干这些活，一生没有做过其他生计。星期六晚上，他把全部工钱带回家交给妻子，然后她放他星期天去玩骨牌，喝一小杯。他每次都喝得烂醉，回家后脾气更加阴郁。他稍有不满就会给孩子们一顿猛揍。他是个粗暴的男人，没有人敢找他麻烦。他的妻子也并不是每天都挂着个笑脸。”这段关于我的祖父的话，基本上由我记得的词语和短语写成，非常通俗（“找麻烦”，“放他”，“不是每天都挂着个笑脸”），传达出现实感，如实地描述了他的生活。

总的来说，我希望用所有人都能理解的语言进行文学创作。这可以被称为一种政治选择，因为它是一种打破等级制度的方式，让每个人的话语和行为都被赋予同等的重要性，不管他们在社会中的地位如何。

这个选择也解释了为什么我后来在《局外日记》和《外面的生活》中对在公共交通工具、大区快铁[1]、地铁、大型商场中看到的一切感兴趣，也就是说，就是简简单单地对我接触到的人感兴趣。

《书写人生》是我认为最适合的标题，可以用来定义我四十年来的写作计划和收录在伽利玛出版社“四开本”系列丛书中的全部作品。书写那个人生，而非书写我的人生。这有什么区别呢？这就是说，将我所经历和正在经历的事情，不视为某种独特的，带有无关紧要的羞耻或不可言喻的东西，而是作为观察的素材，以便理解、揭示一种更为普遍的真相。在这个角度上，所谓的私人领域并不存在，只有以个人独特、特殊的方式所经历的事情——这些事情仅仅发生在自己身上，而没有发生在其他人身上——但文学的任务就是以一种无人称的方式来书写这些个人的事情，试图达到普遍性，做到像让-保罗·萨特所说的“具有

1 大区快铁（RER）是位于法国法兰西岛大区的通勤铁路网络，贯通巴黎及邻近地区。

普遍性的个体”[1]。只有这样，文学才能“打破孤独”。只有这样，关于羞耻、情欲、嫉妒、时间流逝、亲人离世等的经历，生活中的所有这些事情才能被分享。

当然，我的记忆深深地扎根于诺曼底普通年轻人的话语和图像，两者不可分割。在《位置》《一个女人》《羞耻》这三部作品中，当然，诺曼底和伊沃托的居民认出了城市、地点，甚至一些词语。但这些作品所涉及的问题是普遍性的，因为它们涉及社会地位和社会轨迹，涉及羞耻，因此这些文本可以被翻译成外语并在那些与我们具有不同文化背景的国家被阅读，如日本、韩国、埃及。

同样地，在《悠悠岁月》中，我从在伊沃托的所见所闻出发，描述了从1940年代末到1960年代末的时期。因此，对1950年代出现的“商业双周”的描写，是以我在伊沃托的经验为基础，但以集体模式书写而成的，这种模式可以引起所有人的共同回忆：“去年

---

1 法语le singulier universel，出自萨特*1964*年在联合国教科文组织的一次研讨会上的演讲，题为《独特的共相》（*L'Universel singulier*），后收录于《处境（九）》中。

马戏团配有罗杰·朗扎克[1]照片的广告，发给同学们的第一次领圣餐的照片，卢森堡广播电台的香颂歌手俱乐部，看似一成不变的日子充满了新的欲望。星期天下午，我们挤在电器商店的橱窗前看电视。”（关于德拉马尔书店门廊的回忆）“一些咖啡店也购买了电视机来招徕顾客。”（关于“老旅店”的回忆）“在市集日和主保瞻礼节之间，‘商业双周’成为了春天的固定仪式。在市中心的街道上，高音喇叭大声吆喝着劝诱人们购买，当中穿插着安妮·科尔蒂[2]或埃迪·康斯坦丁[3]的歌曲，一直传到西姆卡牌汽车店或餐厅里。在市政厅广场的领奖台上，当地的一位主持人（我不会透露名字，尽管我还记得……）讲着罗杰·尼古拉[4]和让·理查德[5]的段子，就像在广播里那样，召集参赛

---

1 罗杰·朗扎克（Roger Lanzac，1920—1996）：法国歌手、演员，后成为电台和电视主持人，以主持马戏节目成名。

2 安妮·科尔蒂（Annie Cordy，1928—2020）：比利时歌手、演员。

3 埃迪·康斯坦丁（Eddie Constantine，1917—1993）：美籍法裔歌手。

4 罗杰·尼古拉（Roger Nicolas，1919—1977）：法国喜剧演员。

5 让·理查德（Jean Richard，1921—2021）：法国演员和马戏团老板。

者参加‘吊钩比赛’[1]或‘双倍奖金’[2]等电台节目。在领奖台的一角，坐着头戴皇冠的‘商业皇后’。”

总之，伊沃托是实验的场所，是记忆所提供的原材料，但它被写作使用和转化，从而变成了普遍性的东西。福楼拜在他的《通信集》中出奇地经常提到伊沃托，并对他眼中伊沃托的丑陋颇为执着。他写道：“这是世界上最丑陋的城市。”但他又补充了一句：“除了君士坦丁堡以外。”这使得他的话相对而言没有那么绝对。在他的《庸见词典》中，他干脆嘲笑它：“看过伊沃托，死也无憾。”但是在写给情人路易丝·科莱[3]的一封信中，也有这样一句话，早年读到时就给我留下了深刻的印象：“在文学上没有美丽的艺术主题，因此伊沃托可与君士坦丁堡媲美。”

如果您愿意的话，这就是我的结语……

1　一档 1930 年代创立的电台歌唱比赛，选手遭淘汰后会象征性地被吊钩钩下台，故而得名。该比赛在 1950 年代非常受欢迎。

2　1950—1960 年代卢森堡电台举办的一档节目，选手回答主持人的问题，如答错则放弃比赛，答对了可以选择下一题奖金翻倍或拿着已获得的奖金离场。

3　路易丝·科莱（Louise Colet，1810—1876）：法国女诗人、作家，福楼拜的情人。

编外篇

△ 1946 年夏，家门后的学堂街，6 岁

△ 与表姐柯莱特在花园里，1949 年夏

成为一个小女孩，首先是成为自己，相对于我的年龄来说，我的个头太高了，尽管脸色苍白，幸好身板很结实，挺着个小肚皮，直到十二岁之前没有什么腰身。

——《冻僵的女人》，Folio 版第 33 页 ©Gallimard

△ 窗边，在柯莱特和另一位表妹弗朗塞特中间，1953 年夏

我们家售卖饮料和食品，还有角落里一堆乱七八糟的杂货。廉价的香水纸、两块放在圣诞木屐里的手帕、剃须泡沫、每册五十页的练习簿。我们售卖各种最日常的东西，阿尔及利亚葡萄酒、一公斤装的肉馅饼、散装饼干，每种产品摆上一两个品牌，我们的顾客并不是很挑剔。

——《空衣橱》，Folio 版第 102 页 ©Gallimard

trant ses quenottes qui ressemblent à des grains de riz. Ensuite elle s'assit sur la moquette.

l'entrée en matière et la conclusion sont nulles.

Maman revient et je puis retourner lire.

Samedi 15 Novembre

Dites quelle pièce vous aimez ? situez-la dans la

11/20

... pièce que je chéris est la cuisine avec ses carrelages blancs où demeure un air de propreté fraîche et gaie. Elle est de dimension moyenne et assez carrée. La table de bois est recouverte d'une toile cirée et dans un vase bleu s'offre à nos yeux

△ 六年级语文课作业簿节选

1953年11月15日星期六

请说出你最喜欢的房间，并指出它在你家里的位置

我最珍爱的房间是厨房，它有着白色的瓷砖，透露出一股清新而愉快的洁净感。这个房间大小适中，格局方正。木桌上铺着塑胶布，在我眼前蓝色的花瓶里插着一束仍然沾着夜露的盛放的玫瑰。椅子和凳子都是木制的。放在角落里的白色炉灶火苗正旺，炖着一锅兔肉煨汤。炉灶右边是水槽，左边是漆面碗柜。在墙角的一张小桌上，配有一把扶手椅和一盏台灯，供阅读之用。在小桌后面，收音机播放着一首爵士乐曲。在下方和角落里，贴着浅色墙纸漆成浅绿色的墙壁上装饰着几幅乡村和钓鱼的画作，十分雅致。在对面的一个角落里，有一个橱柜，里面放着锃亮的锅碗瓢盆。在炉灶前，狗儿卢卢懒懒地躺在地垫上，舒适自在；而猫咪努努则玩弄着一个散落的线团。女佣玛丽-若瑟正忙着准备晚餐，她那红润的脸颊就像成熟的苹果一样，被火光炙烤得通红。她来来回回走动，搅拌着菜肴，灵巧地揉着面。我喜欢这个房间，因为我知道这里还有一些令我垂涎的小甜食，而且它非常舒适明亮。

▷ 1953 年 11 月的学生手册节选

Cours *6ème* | Mois de *Novembre*
Division | *Du 14 au 21*

TRAVAIL

	ÉCRIT	ORAL	COMP.	PLACE		ÉCRIT	ORAL	COMP.	PLACE
Instruction relig^ieuse		20			Physique . . .				
Instruction morale .		20			Chimie . . .				
Instruction civique .					Manipulations . .				
Psychologie . .					Sciences naturelles		20		
Grammaire . .		20			Lecture . . .				
Orthographe . .	15½	Mots d'usage 11			Ecriture . . .				
Composition Franç^se	11				Anglais . . .	17½	14 et 16½		
Littérature . .					Latin. . . .	10	17		
Récitation. . .		12			Dessin . . .				
Arithmétique . .	20				Solfège . . .				
Algèbre . . .					Travaux manuels				
Géométrie. . .					Gymnastique . .				
Histoire . . .		20			Total . .				
Géographie . .		20			APPLICATION .	T. Bien			

Moyenne de Travail ____________

CONDUITE

Conduite en classe	T. B	Ordre, bonne tenue, exactitude	T. B
CONDUITE GÉNÉRALE. . .	T. B	Politesse	T. B

CLASSEMENT ____________

OBSERVATIONS

de la Directrice et du Professeur | des Parents

M. Perret

Les Parents,
Me Duchesne

暑假将是一段漫无边际的无聊时光，须得各种微不足道的活动来填满一整天。

——《悠悠岁月》，Folio 版第 60 页 ©Gallimard

△ 1955 年，花园里

△ 1956 年，第二排，左起第二个

最著名的节日是在七月初举行的教区主保瞻礼节，庆典前有一场主题服装的游行活动。花仙、女骑师和穿古装的贵妇们又唱又跳，私立学校就这样在人行道上聚集的群众面前施展其魅力，展现出学校的想象力和对公立学校的优越性。后者的学生在一周前身着古板的体操服列队游行，一直走到赛马场为止。

——《羞耻》，Folio 版第 86—87 页 ©Gallimard

我开始蔑视社会习俗、宗教仪式和金钱。我誊抄兰波和普莱维尔[1]的诗歌，把詹姆斯·迪恩的照片贴在笔记本封面上，听布拉森斯[2]的《恶名昭彰》。我感到百无聊赖。我以浪漫的方式经历着青春叛逆，就好像我的父母属于布尔乔亚阶层。

——《一个女人》，Folio 版第 64 页 ©Gallimard

△ 身份证照片

1 雅克·普莱维尔（Jacques Prévert，1900—1977）：法国诗人、歌唱家、编剧。
2 乔治·布拉森斯（Georges Brassens，1921—1981）：法国诗人、作曲家兼歌者，法式香颂的奠基者之一。

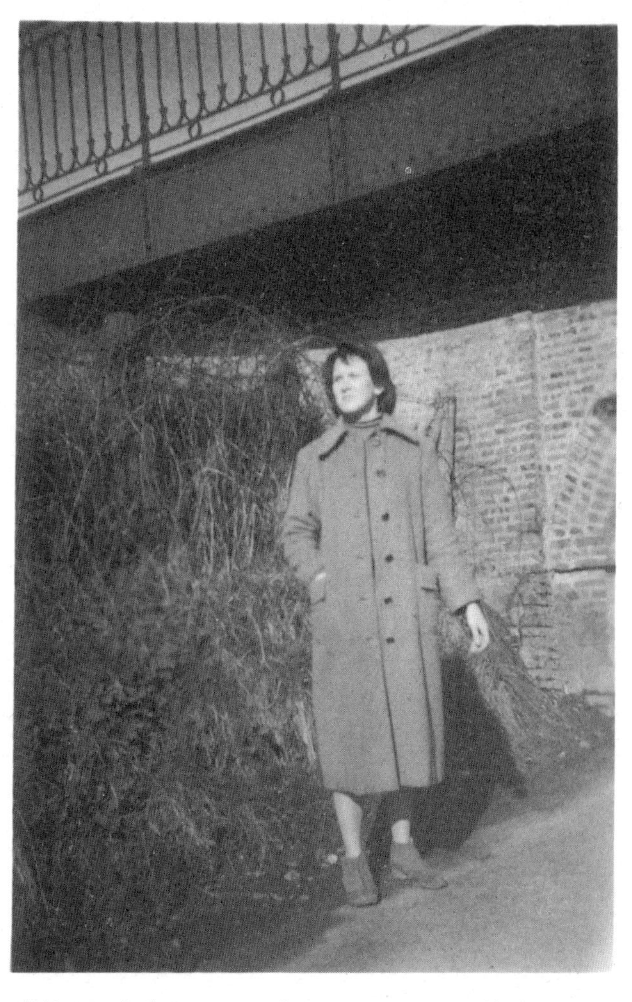

△ 1957 年，火车站附近的小桥下

通过初中毕业考试后，二年级的学生便完全放松了。数学老师是个大块头的女人，穿着方格衬衫和黑色披肩，她大声叫喊："小姐们，你们没有激情！你们太麻木，太懒散了！请散发你们的激情吧！"

——《冻僵的女人》，Folio 版第 81 页 ©Gallimard

△　1957 年，寄宿学校二年级

和很多其他女孩一样，我经常“遛弯”，在商店门口转来转去。男孩们也转来转去。我用眼角打量他们，有的长得不赖，有的则很丑。有时我会停下来。

——《冻僵的女人》，Folio 版第 88 页 ©Gallimard

△ 1957 年，和同学奥迪勒

△ 1957 年，圣米歇尔寄宿学校，藤蔓山洞附近

五月，我们面朝基座上的圣母雕像背诵祷文，雕像位于藤蔓缠绕的山洞深处，模仿的是卢尔德的圣母洞窟[1]。

——《羞耻》，Folio 版第 80 页 ©Gallimard

1　1858 年 2 月 11 日，法国卢尔德一位名叫贝娜黛特的女孩声称在该地的一个山洞中看到圣母显灵。从此这里成了天主教著名的圣地，吸引无数朝圣者前来。

△　1957 年，咖啡馆前的院子里

她现在明白了自己的社会地位——她家没有冰箱也没有浴室，厕所在院子里，她也一直没有去过巴黎——低于同班的女友们。

——《悠悠岁月》，Folio 版第 68 页 ©Gallimard

在她最遥远的对于未来——中学毕业会考后——的设想里，她根据女性杂志上模特的样子来想象自己的身形和姿态，体型纤瘦，长长的秀发在肩上飘动，就像《女巫》中的玛丽娜·维拉迪那样[1]。

——《悠悠岁月》，Folio 版第 68—69 页 ©Gallimard

---

1 《女巫》是一部法国与瑞典合作拍摄的电影，1956 年上映，主演是法国著名女演员玛丽娜·维拉迪。

△　1957 年，在花园里

她是一位身兼商贩的母亲，也就是说她首先是属于顾客的，因为顾客“养活了我们”。

——《一个女人》，第 52 页 ©Gallimard

△ 1959 年，与母亲在咖啡店门口

我们会和自己所拥有并为之骄傲的东西一起合影，商业资产、自行车，还有后来的那辆 4CV [1]。

——《位置》，Folio 版第 50 页 ©Gallimard

1 法国雷诺汽车公司在 20 世纪 40 年代后期推出的一款家用小轿车，曾获得巨大的商业成功。

△ 1959 年，父亲

我的父亲也和顾客们截然不同，他不喝酒，不会在早上背着个布挎包离开，人们管他叫老板，他会用不容置疑的口气让别人还钱。

——《空衣橱》，Folio 版第 97 页 ©Gallimard

△ 1966 年，在咖啡店里服务的父亲

他打定主意任由我过着这种怪异的、虚幻的生活：二十多岁，还坐在学校里的课凳上。“她读书是为了当老师。”至于什么老师，顾客们并不多问，只有头衔是重要的，再说他也从来记不住。

——《位置》，Folio 版第 82 页 ©Gallimard

△ 1961 年，车库旁的院子里

△　1961 年夏，在杂货店转角处的樱桃树下

从照片上看，这是个结实的美丽少女，人们不会怀疑她最大的恐惧是疯狂，在她眼中只有写作——或者一个男人——才能阻止自己，至少暂时地，陷入疯狂。她已经开始写一部小说了。

《悠悠岁月》，Folio 版第 92 页 ©Gallimard

△ 1962年，与玛丽-克劳德在食品储藏室门前

她将未来看成一座红色的大楼梯，就像《大众阅读报》上复制的苏丁[1]的画里那样。她将这张画剪下来，贴在大学城宿舍的墙上。

《悠悠岁月》，Folio 版第 91—92 页 ©Gallimard

1 柴姆 · 苏丁 (Chaïm Soutine, 1894—1943 年)：生于白俄罗斯，犹太裔法国画家。

△ 1962 年，在花园里

致女友玛丽－克劳德的信

亲爱的玛丽－克劳德：

这封信的语气将与我之前写给你的信不同。并不是因为我收到了那个“德[1]”的消息（他去死吧！），或者我的心中又重新燃起了爱火，而是我重新对生活树立了信心，尽管目前我的生活并不是很顺利。母亲生病了，医生说是心绞痛，这有些令人担心，而且她患了眼痈，但慢慢治疗终可以治愈。你一定会想知道

1　此处可能提到的是某个姓氏中带表示贵族的介词“德（de）”的男子。

我鼓起勇气是不是疯了，因为我的家人和我都麻烦缠身。事实上，有什么比真正的焦虑更能让你重新获得平衡并消除内心无缘无故的沮丧呢？我已经没有时间去考虑自己的烦恼了，晚上我被家务和洗衣服弄得筋疲力尽，更不用说我母亲的状况所引起的忧虑了。现在情况好转了一些，我以另一种角度看待生活，我向你保证，我为那个不值得的男人哭泣真是有点傻。我发现我到目前为止只谈到了自己，原谅我，我已经有点不知所措了，因为一个正在我家度假并即将离开的小表妹真是让我烦透了。

我写信的这个时候，你一定已经回家了。你为期两个月的夏令营很顺利，我很为此感到高兴。那个马尔加什人怎么样了？我迫不及待地想知道你和他约会之后的感受。如果你和那个十六岁的高中生见过第二次面，我想你肯定没有失去你的童贞，尽管他欲火焚身。他真是个坏东西，这个男孩！他肯定已经不止十六岁了。

你知道，我一点儿也不责备你，甚至建议你尽可能多地享受。青春转瞬即逝，一去不返。你来看我真的很好，但考虑到目前的情况，你能否在下周而不是本周六来，因为我几乎没有时间。

正如你所看到的，我的笔仍然很任性，这封信的清晰度受到了影响，请原谅我。

今天，我同意你的观点：生活值得一过。

亲吻你，
安妮
1957 年 8 月 14 日
伊沃托

Yvetot le 14-8-57

Marie-Claude chérie,

le ton de ma lettre va être différent de celui de la lettre précédente que je t'avais écrite. Non pas que j'ai reçu des nouvelles de mon fameux "de --" (qu'il aille au diable, celui-là!), ou que mon cœur ait de nouveau flambé, mais j'ai repris confiance en la vie. et pourtant en ce moment, celle que je mène n'est pas préci-

亲爱的玛丽 - 克劳德：

你无法想象，在你来到伊沃托的那个星期六我是多么高兴。我们已经有四个月没有见面了。也许将来有一天，五年后，六年后，我们可能再也见不到彼此。想到有一天我们会变得循规蹈矩，我感到很怪异。我也想起我们相识的第一天：我对你彬彬有礼地说了声“你好，小姐”，绝对没有想到一年后我们会成为非常好的朋友。你也没有想到，是吗？你那随意剪短的头发让我感到很有趣。还有你那没有腰带的衬衫，那时候我有点儿傻，有点儿保守。我衷心感谢你为我买的那本书，我真希望你能给我签名……不，你无法想象我有多开心。对我来说，《一月后，一年后》[1]具有双重价值：文学价值，以及，尤其它代表着友谊。我更喜欢《一月后，一年后》胜过《某种微笑》，因为我对卢克没有任何好感（我不喜欢那些四十多岁又爱勾引女人的男人）。

我批评弗朗索瓦丝·萨冈在她的新书中放了太多角色，但结尾写得非常好！还有一些真正令人称快的段落（例如，若瑟和贝尔纳坐在公园的长椅上意识到他们并不爱对方）。你拥有博览群书的才情，真是太棒了！我几乎连给你写信的时间都没有，更别说读书了。作文课已经开始了。太可怕了。每堂课都要默写。我们一坐下，莫拉就会发出雷鸣般的喊叫："第一个问题！"我们的二年级去哪里了？那个小修女比去年还要糟糕：你知道吗，她说出了自己的永久誓言！而我发了永久誓言，要追求自己的幻想。这并不完全一样。

1 法国作家弗朗索瓦丝·萨冈发表于 1957 年的一部小说。下文《某种微笑》是其另一部发表于 1956 年的小说。

奥迪勒很不幸。那位亲爱的修女知道了她和让的关系，并且告诉了她母亲，母亲自然反对奥迪勒继续下去。奥迪勒哭了整整一星期，不想屈服于她的父母。她是个忠贞不二的女孩。也许这很好，但我不会建议她任何事情，因为她想等到二十一岁才和心爱的人离开，先完成学业，为此先去上高中。我觉得这个可怜的人会等待太久。最后，帕斯卡说过：心有其道，理性焉知。你喜欢帕斯卡，我想是吧？你弟弟现在肯定没有去上学吧？波贝学校已经关闭，但寄宿学校还开着，尽管一半的学生得了感冒。我还能告诉你什么？我没有别的有趣的事情可讲了。这封信没什么意思，以前（我的信）似乎更有趣——我觉得。你想怎样呢？天才只活一个世纪，然后就会陨落，这又是一句伏尔泰的名言，他那张戴着皮毛帽子，双腿分开的照片让我想起了你，你曾经好心地把它剪下来。不，不，我没有从外貌上拿你和伏尔泰比较的意思。幸好！但是我的法语变得词不达意，这真的很奇怪，因为苏（塔登）修士给我的分数比修女高。报复是神明的乐趣，也是我的乐趣。千万不要感染流感，好好享受你的青春，它是如此短暂。

我的全部友爱，

安妮

1957年10月30日

伊沃托

亲爱的玛丽－克劳德：

真的很高兴你已经完全康复，但你的假期可能不会很好玩，当你回忆起57年的假期，戴颈链的棕发小子，罗杰和菲利普之流时，你可能会感到忧郁。有无聊的年份和快乐的年份，明年你将会获得双倍的快乐。当然，你会想：这样的假期真不是你该经历的……我同意。至于我，我很高兴去塞河[1]的夏令营，虽然事前我有点紧张。主要是我没有参加过实习，尽管奥迪勒

1 法国诺曼底地区的一条河流，流入圣米歇尔湾。

借给我一本书、她的实习手册和一些游戏，但这不能代替直接教学。我一定会在7月28日星期一去看你，然后你会来看我。如果你同意这个安排的话，就不需要再写信给我，尽管我很乐意收到你的信。中学会考日你没在鲁昂看到我，我并不觉得奇怪，因为三点钟的时候，莫拉已经在三刻钟前把我们送到了高乃依高中，我是例外，我去了圣女贞德高中，但我还是不得不和其他人一起出发。每次到达学校时我都会发脾气，因为我早到了一刻钟，独自一人站在队伍里或者被男孩们的吵闹声所包围。直到8月14日，我都会待在伊沃托。8月1日至14日，我希望能见到某些熟人，以前只是认识，但现在可能会转变成暧昧关系。你夸大了！你想断言我爱皮埃尔！不，不，不，一百万次的不！他让我想起了《一月后，一年后》的雅克。不过更精致，更多情。研究男性性格真是令人着迷。我几乎不再给他写信，上一次我改变了我的风格，采用了一种撩人的语调，回忆起某些事情，这无疑让他处子的血液沸腾……至于我，我完全不感兴趣。不管他的血液沸腾或小火慢煮，我会以天使般的目光和天使般的微笑来迎接它。维尼[1]曾经说过："不管怎样，女人总是像达丽拉[2]一样。"他并不是完全没有道理，我变得残酷和变态，一个天真的变态，这个词很恰当。但如果我没有说错，你也算一个，那么这会让我感到安慰。

再会！

我全部的友爱，

安妮

1958 年 7 月 18 日

1 阿尔弗雷德·德·维尼（Alfred de Vigny，1797—1863）：法国诗人，法国浪漫主义的早期先锋。

2 《圣经》中美貌绝伦的腓力斯少女，以美人计诱使希伯来青年参孙说出自己力量所在的秘密。

亲爱的[1]：

你可能知道我写信给你的原因，事实上，《欺诈者》将于 12 月 30 日至 1 月 6 日在诺曼底电影院上映。你能去看吗？如果可以，你觉得 12 月 30 日星期二或 1 月 2 日怎么样？但是，尽管我很想，但我没法去你那里，因为我妈妈需要我在早上给她帮忙，而我的父亲在诊所，他的情况令人满意。显然，你一个人去鲁昂可能会很无聊，所以你可以按照最适合你的方式行事。你

1 原文为英语。

可以给我寄一张明信片或一封信——如果你有勇气的话！——告诉我你的选择。

你可以把 CEMEA[1] 实习的地址寄给我吗？但是也许你找不到了，因为去年你把宣传单寄给我了，我好像没还给你。我必须在复活节做一个实习，以便在 59 年获得学位。

友爱，

安妮

1958 年 12 月 27 日

伊沃托

1 CEMEA（Centres d'entraînement aux méthodes d'éducation active）：活动教育法培训中心，法国的一家新教育运动机构，致力于教育普及和各种教育活动的培训。

亲爱的：

你知道吗，我很担心：你在信里写到 4 月 12 日那天我可以去看你，但路太远，而且那不是一个星期天，所以我猜想是下个星期天 3 月 12 日？星期六我会在五点钟左右到你家，能否待到星期一早上 8 点，以便我可以直接去鲁昂？总之，这不重要。我真的很高兴能见到你，春天回来了，为我们带来了热情。你说你无所谓，这种感觉让人绝望。对我来说，春天是心情的放飞，是生命中最狂热的爱，也是悲伤的幻灭。

你知道，小热纳维耶芙换了房间，不再住修女那里了，她有了一间空房，她已经开始过于享受自由，到处调情，这样缺乏意志力让我们，我和罗贝特，感到惊讶。你会说，调情不会让我感到震惊，威廉就是证明。事实上，那已经结束了，而且我很后悔玩了这个游戏，因为所有的医学生都是只顾享乐的花心木偶。但实际上，这不是我生活的核心，成为大学生是一种奇怪的生活，首先是思想和学业上的解放，有种要改造世界的感觉，然后与同学光顾酒吧，不负责任的调情、派对……除此之外，化学之夜还算成功，但对我们来说不是。真是一次失败的经历，我一开始和威廉跳舞，他试图和我和好——因为他在法律之夜上的不忠我们分手了——但凭着坚韧和骄傲，我成功抵制了他，但之后我感到极度的失落，整个晚上罗贝特、热纳维耶芙和我都和一些太过年轻且长相丑陋的男子跳舞。凌晨五点，我和罗贝特一起离开，坐在大桥街的台阶上，我们想到了附近的塞纳河，想到了丑陋和虚伪，因为对她来说，这个晚会也被毁了，因为她帅气的爱人雷吉斯·杜维尔与两个女孩跳了一整晚贴身热舞，俊美得如同阿多尼斯[1]。之后，天亮了，我们去了酒吧，一个瑞典水手给我们点了香烟，一些开 DS 轿车[2]的人想惹我们的麻烦。我整晚都没有穿长筒袜，袜子撕破了，外套下我只穿了条塔夫绸小连衣裙！这是一个奇怪的夜晚。我在舞会上看到了克劳迪娜·梅雷，是罗贝特指给我看的，她和一个又丑又蠢的家伙在一起，但这也许只是我的想象。

我急切地想见你，想知道自己是不是已经完全被摧毁了！你呢？你的情况也不太好吧？盼望着假期的到来，然而不幸的是，还有考试，而你还要考英国商会的文凭……

那么星期六见。

满满的友爱，

安妮

1961 年 3 月 5 日

伊沃托

1 希腊神话中掌管每年植物死而复生的神，容貌俊美，很受女性喜爱。

2 法国雪铁龙汽车公司创办的一个豪华汽车品牌，现属于法国、意大利及美国合资的斯泰兰蒂斯集团。

Yvetot 5-3-61

Darling,

Figure-toi que je suis inquiète : tu as écrit
12 Avril, le jour où je pourrais venir te voir,
or c'est loin et puis cela ne tombe pas un
Dimanche, aussi je suppose que c'est le 12
Mars, dimanche prochain ? J'arriverai vers
cinq heures chez toi samedi mais serait-ce
possible de rester jusqu'au lundi à 8 heures
afin que j'aille directement à Rouen ?
Enfin, cela n'est pas important. Je
serai vraiment ravie de te voir, il est
temps que le printemps revienne

（一封没有日期的信，写于1962年6月）

我亲爱的玛丽-克劳德：

好的，为了你的生日，根据惯例，我希望你在人生第二十四个年头里幸福满满。我感到生日之间的间隔越来越近，速度惊人。但不要伤心！你似乎精神不太好。然而天气很好，我有种活在当下的感觉。你知道，我一点儿也不为你的危机担心，不需要看精神病医生！我想我知道并且能感受到它们是怎么回事，但是在“道德”上我没有权利说出来。但是，如果有一天我和人订婚了，这种危机也会发生在我身上。我很高兴你看了《去年在马里昂巴》，这是一部惊人的电影，真正将电影变成了一种"艺术"，在过去电影并非如此。我星期一去参加考试的时候看了这部电影，我真的很想再看一遍。你觉得它有点冷淡吗？我认为这几乎是正常的，因为虚幻的、记忆的东西总是带有"缺席"的色调，因此带有孤独、冷漠的感觉。物体不再是被摄像机镜头注视，就像没人关注它们时那样，而现在它们是通过电影人物的视角被看待。这个全白的房间是记忆的房间，它孤立、荒诞，当那个人再次看到躺在床上的女人时，同样的画面重复了几次，因为当我们回忆起一些快乐的事情时，我们会在脑海中反复地做同样的动作。这没有让你想起一首魏尔伦的诗吗："孤寂、清冷的旧园里，方才经过两个影子，他们的眼已死，唇已软，只有风听到了他们的絮语[1]，等等"？还有魏尔伦的另一首诗，《三年后》？

对我来说，搞清楚那个男人去年确实是那个女人

---

1 出自法国诗人魏尔伦的诗歌《感伤的对话》，埃尔诺的引文与原文略有出入。

的情人似乎毫无意义。你觉得开头太长吗？我认为逐渐营造出氛围非常重要，这个带有巴洛克装饰的走廊，这个在短短几秒钟后就会终结，远离我们，冻结在遥远过去中的故事，所有这些都非常美妙。我很高兴你喜欢这部电影。好，我们来谈谈其他事情吧。接下来的几个星期天，6月24日、7月1日，我没什么事情要做，当然星期六也是，你可以选其中一个星期天来我这里，或者我去你那里，之后我就要去西班牙了，大概是6号左右。你很快就会写信给我确定日期，好吗？你知道，如果是出去玩，我更倾向8月，*因为我需要为西班牙存钱，好吗*[1]？除非是野营，那就没问题，这次我们可以带一个小酒精炉。我现在的状态有点滑稽，一种巨大的空虚感攫住了我，我没有什么事情可做，只等待成绩公布，而我似乎已经挂掉了所有的考试。我没有勇气给你解释作文题目，但是我会告诉你的，你看看这是个什么样的题目吧！至于文学，简直太可怕了，更糟糕的是，我当时还有点不舒服！这个月我

1 原文为英语。

没有写诗，但是复活节后我写了两首，不管怎样，我太想写部小说或几个短篇小说了，这要“看情况”。如果我什么都不做，你无法想象我会多么不幸！不过，假期可能会打乱我的计划，但无所谓！明年我可能会在大学学业上少投入一些。按照计划，我将在刚刚建成的女生公寓里拥有一个房间。每月六千法郎的小房间，设施齐全，厨房在走廊上，值得一试！

不，我没有见过 G. 米拉伊，无论如何他也无法教我写作或帮我修改，那太私人化了，这是个“存在”的问题，一种真正的内在体验。我开始知道文学是牺牲的艺术！你为亚历山大准备的展览呢？我希望你仍在画画，艺术可以让人忘记时间和地点，这太神奇了。啊，玛丽－克劳德，你本该好好准备英语考试的，我真的很失望，因为你知道自己经常沉迷于多样性和多元化，为什么不设定一个明确的目标，告诉自己，我想成功，我会成功。我知道这很难，当我想到自己的证书时，我想到了有些错误和愚蠢本来是可以避免的，但时间是不可逆的——生命是令人恐惧的悲剧，不是吗？我今天不开心，但不要担心，我必须深刻了解生活的艰辛和人类的绝望，才能通过艺术传递信息，也就是通过艺术传达另一种视角。热纳维耶芙正享受完美的爱情，这有点像孩子之间的爱情，每天写信，打电话，穿情侣皮夹克，左手戴同样的戒指，还有像画一样大的巨幅照片等等。你看到了吧，可是我认为这是深刻的情感，而且会持续下去。她已经不再感受到最初的疯狂喜悦，但她感觉到他是懂得她的，反之亦然。我从不考虑自己，这让我感到不安，我感到自己不合时宜，面对现实越来越难以招架，似乎只是在观察，仅此而已。我让自己感到害怕，这是一种神秘的命令，一种命运。天啊！我在说些什么，等我们见面的时候可能还没有叽里呱啦说完吧，我想？想想吧，我要说个没完没了！真该死！不要理会我的废话。

狠狠地亲你，

安妮

Ma chère Marie-Claude,

ton anniversaire, suivant l'habitude je te souhaite le 5 me le bonheur ne te manquera pas dans ta année; ta vingt-quatrième année – maintenant! Il me semble que les anni-versaires se rapprochent les uns des autres à une vitesse effrayante! Mais n'en soyons pas tristes!

Que tu ne marierais pas en France? Il faut pourtant un temps magnifique je trouve que ça a l'impression de vivre maintenant –

On sait tes "crises", ne m'inquiètent pas, surtout, elles ne relèvent pas du psychiatre! Je crois savoir et sentir ce qu'elles signifient mais je n'ai pas moralement le droit de le dire, mais lorsque je serai, si je le suis un jour, j'aurai des crises de ce genre m'as-surément. Je suis contente que tu ai

CAMILLE PISSARRO (1830-1903)
A STREET IN ROUEN Oil
Private Collection, Paris
Available as a Braun Print, size 22½" × 18"
Soho Card 345

©Soho Gallery Ltd, 18 Soho Square, London, W.1.
Printed in England

en pensant à mes propres certificats, je songe qu'il y a des ~~chos~~ fautes, des idioties que j'aurais bien fait éviter mais le temps est irréversible – La vie est effroyablement tragique, non je ne suis pas gaie aujourd'hui mais ne t'inquiète pas, il faut que je sente profondément la difficulté de vivre, le désespoir humain pour transmettre le message, c'est à dire une autre vision du monde par l'art. Geneviève et le parfait amour, c'est un peu un amour de gosses, s'écrire tous les jours, se téléphoner, avoir une veste de cuir tous les deux, la même bague au doigt gauche, des photos grandes comme des tableaux etc, tu vois je crois toutefois que c'est très profond et que cela durera. Déjà elle ne ressent + la folle joie du début, mais elle sent qu'il est fait pour la comprendre et réciproquement – Je ne songe jamais à moi-même, c'est inquiétant, et j'ai l'impression d'être anachronique je suis de plus en plus pied devant la réalité, il semble que j'observe et voilà tout. Je ne suis rien à moi-même, c'est un impératif mystérieux, une sorte de destin. Pensée! Qu'est-ce que je parle de moi, et Dieu sait si on aura pas fini de parler de tout et rien quand on se reverra bientôt, je pense, dire que je vais être collée à tout! Horreur et damnation... Ne fais pas attention à mes bêtises des –

Amitiés. Grosses bises Annie

在父母家我的卧室里，我在墙上挂了克洛岱尔的这句话，我把这句话仔细地写在一张边缘用打火机烧过的大纸片上，仿佛一条与撒旦的协约：“是的，我相信自己不是平白无故来到这世上，我身上有某种这个世界不可或缺的东西。”

——《另一个女孩》，2011©NiL Éditions

△ 1963 年，在卧室里

△ 1963 年 9 月，卧室书桌前的早餐

1963年日记节选

（我写完了第一部小说）

2月17日星期日

下午过半——二十二岁——一个星期日。日复一日，我一直在这里，脑海中有一条灰色的痕迹。这种状态可能还会持续很多年——但如果不让我有表达自己的机会，我会被良心折磨——不想被困在学校的例行事务之中。

一个星期以来，我每一天的生活都会导向晚上构思“这个故事”的时刻。

我也在想考试的事情，还有未来的日子，我几乎感到快乐，不知道为什么。也许不管怎么样，我会获得成功……？为我的族群复仇。

（过了两个星期，在将手稿寄给瑟伊出版社之后）

3月28日星期四

布丽吉特对我说："看那只从垃圾桶里出来的猫。"我想尖叫。但是今晚，现在，我想也许我会继续压榨这个疯狂的一周——因为它已经结束了。明天我又会对工作充满激情。我还没有真正体验春天的种种乐趣，但现在或许还为时不晚。我再次想要获得出版，**胜过任何其他愿望**，但——或许——我没有机会。这本小说——仅仅——关乎我的痛苦。我要把这个男孩拒绝我的东西扔回他脸上。

（收到瑟伊出版社的拒绝信后，信的署名是让·凯罗尔）

3月29日星期五

在我遭受痛苦的时候，“他们”正在研究我的小说——那苦涩化成了具象的痛——拒绝让它问世。我食之无味地吸着烟。我听音乐。我麻木自己。没有爱情，也没有艺术——尽管我仍然相信艺术。我有勇气重新开始吗？当然。多么强烈的生存意志！尽管现在自杀的念头变得更加明晰。现在也许将会是这两种本能的斗争。我对婚姻并不渴望。我对学术成就不是很在意——尽管在物质方面我还是希望能够取得成功。

6月28日星期五

我害怕活着吗？是的，接受一个有报酬的职位，承担长期的义务并不让我感到愉悦。不，因为我想要尽可能地享受生活。我在伊沃托，在这所我不断回归的房子里。五年前，我意识到对父母家的依恋，这里是我的避难所。我以前无法克服这一点，现在我克服了，但是复发仍然可能发生。

今天我开始构思新的短篇小说。我又感受到了日暮时分隐秘的嗡嗡声和词语——自二月以来的四个月里我冷落了它们。同样的时间跨度已经分开了我小说的第一稿和第二稿，我再也不能忍受长时间不动笔。我再次感到想给自己一个权宜之计，比起一个世界我更爱另一个，但是谁会告诉我为什么？爱情问题总是悬而未决。昨晚，我希望杰拉尔德在这里。他非常年轻，英气逼人，然后还有一种“神秘感”，因为我永远无法接近他。这个故事以没有痛苦的方式结束，有点像它开始时那样。

突然泛起的睡意让我想起了阳光明媚的五月。

MERCREDI 27 Il est deux heures ou presque –
Je n'ai pas vécu ma journée – A caus
de ce garçon qui me fuit – le soir j'ai
eu vécu un rêve très douloureux – pour
quoi un rêve... c'était trop vrai; quan
j'ai descendu l'escalier avec ma cigarette
rouge dans la nuit, la course dans la rue
il n'y avait même que cela de vrai, la
nuit, le corridor avec la veilleuse... la
mort – Je souffre horriblement et puis
ensuite, je re-espère. Et puis quoi... une
vie plane et ratée... toujours Et il me
restera peut-être même pas la littératu
Je n'ai plus envie de dormir – Un jou
une aube éternelle !

JEUDI 28 Brigitte m'a dit "regarde le chat q
sort de la poubelle" J'avais envie de hu
Mais cette nuit maintenant, je pens
que j'exploiterais peut-être cette foli
d'une semaine – car elle est terminé
Demain, je serai à nouveau désir
de travailler. Je n'ai pas vraimen

vécu toutes les joies du printemps, mais elle n'est peut-être pas trop tard. De nouveau, je pense que je voudrais PLUS QUE TOUT être édité et que — peut-être — je n'y serai pas... ce roman fait de mes douleurs, seulement ce qu'il a refusé, ce gagné... le lui jeter à la face !

NDREDI 29 Pendant que je souffrais "on" étudiait mon roman, l'âme souffrance continuée ; en refusant qu'elle voit le jour. Je fume sans goût, j'écoute de la musique. Je m'insensibilise. N'amour me a t. Je crois toujours à celui-ci, malgré tout. Tenu-je le courage de recommencer ? oui, naturellement... Quelle volonté de vivre ! Quoique maintenant l'idée du suicide se passe plus lumineuse... Ce sera peut-être maintenant la lutte entre ces deux instincts. Je ne dis ni je permanence, la réussite universitaire me chaut assez peu quoique je la souhaite matériellement

附录

与玛格丽特·科尼耶的访谈[1]

安妮·埃尔诺：玛格丽特·科尼耶和我认识已经超过十五年了。我第一次遇到她的时候，玛格丽特正在考虑写一篇关于我的文学作品的博士论文，准确地说是关于我自传写作的方式。因此，这些年来，我们一直通过信件保持联系。她去年六月在鲁昂成功地通过了论文答辩。在这次对谈结束后，你们中所有想提问的人都可以提问。

玛格丽特·科尼耶：首先，谢谢您，安妮·埃尔诺，这

1 玛格丽特·科尼耶是伊夫多的档案学教师，在鲁昂大学完成了她的博士论文《作为对象的自我：安妮·埃尔诺眼中的自传》，导师为阿兰·克莱斯西乌奇。——原注

次讲座引发了一些思考。您说记忆比现实更强大。能谈谈记忆的想象维度以及它是如何体现在您的叙述中的吗？

埃尔诺：实际上，我动笔写作的时候不是通过记忆把自己投射到某个地方，甚至也不是通过再次见到具体的某些人。当我想到一本可能要写的书，一个写书计划，总的来说，我首先想到的是我生命中的一段时期。是在开始去写的时候，然后在写作过程中，我自然而然地“看到”一些场景、人物和地点，某种像电影一样的东西，记忆的电影徐徐展开。任何一个作家，即使他编造一个故事，那也是在记忆的基础之上。而这种记忆，即使对我来说，也总是被想象所玷污，经过想象的加工，但很难在事后去解释这一切是如何运作的。当我在写《空衣橱》的时候，我又看到了我父母的咖啡杂货店、克洛岱巴尔街、圣米歇尔寄宿学校、勒梅尔大街，还有些人，顾客、邻居、同学。但与此同时，我可以说，我“看到”的并不是他们本来的样子，而是根据这本书的目的和意图将他们改造了。而该书的目的是透过女主人公德尼丝·勒苏尔的眼光去展现她童年世界的逐渐演变。在完成《空衣橱》的两年后，我回到了伊沃托，我已经八年没有回来过了，也就是说上一次回来是在写这本书之前。我当时惊呆了。我对自己说："这不是我在写作时看到的街道、房子和城市。这是另一种东西。"我无法说清楚是什么。您知道，解释如何写作并不是那么容易……

科尼耶：是的，当然。但是，您是如何将这种想象的维度与现实中的地志学联系起来的呢，因为地志学是极度当下的？我想到的是《羞耻》这部作品……

埃尔诺：在《羞耻》中，有点不一样，我想"审问"现实，所以我不得不尽可能准确地借助伊沃托的地志和我居住的街区。但我并没有去往伊沃托核实任何东西。首先，因为有些地方已经完全改变了。就拿过去被称为"铁路池塘"的地方为例，它位于共和国路，国家铁路沿线：它已经被填平了，好像是被一个停车场所取代了。写作时，对我来说最重要的是我童年眼中的池塘：那是个可怕的地方，分为两半，一半是绿油油的水，可能是因为有苔藓的缘故，另一半是黑乎乎的。一些女人，绝望的女人，会在那里投水自尽。就在战争刚刚结束后，三个孩子在那里发现了一枚炮弹，玩了起来，结果炮弹爆炸了。他们在经历了可怕的痛苦后都死了。正如你们所看到的，对感觉的记忆——在这里是我作为一个孩子的感觉——比起现实来更能滋养写作。

科尼耶：说到感觉，您提到了一段羞耻的记忆，漂白剂的记忆。正是在《羞耻》中，您提到好几个羞耻的段落，这是一部关于 1952 年的作品。是感觉让您记住了那件事吗？

埃尔诺：《羞耻》一书写作的源头是一段难以忘却的记忆，我父亲对母亲的粗暴举止，以及我的惊恐。我开始描写那个场景，然后我发现它是我的羞耻感，社会羞耻感的基础所在。说到漂白剂的段落，确实，是当时的感受让我记住了这段记忆。我从未忘却，但我并没有一直想着它。我的记忆并非是一个可以随心所欲开开关关的衣橱。对任何人来说都是如此。可以说，漂白剂的回忆并不是我刻意去记住的。

科尼耶：但它也不是一段非刻意的，与感觉相关的记忆。

埃尔诺：不……或者，这很难说。简单来说，从那一刻起，我确信漂白剂的味道是一种令人不快的家务的气味，身上不能带有这种气味！但我少女时代经历的这种感觉是带有暴力色彩的。感觉固定了记忆，当然。如果你什么都没感觉到，那就不会记住什么。司汤达曾说：“要用力去感受。”我和他的想法一样。被事物触动、感动并不总是令人舒服的，生活不会因此更容易，但同时，这对于写作时在记忆中固定这些东西并且利用它们来说很重要。

科尼耶：还是记忆的话题，您还提到在1967年成为教师时，记忆被重新唤醒，让您意识到了现实。是现实刺激了记忆吗？

埃尔诺：是的，确实如此。那一年我教六年级，班上有个非常优秀的女学生，但她很不喜欢做口头表达，那是个害羞的小女孩，有点儿野。有一天，她说起了她的妹妹：“现在她长大了，挺讨人厌的。”“讨人厌”（déplaisant）这个词是属于我童年的，是一个常听到的通俗用语：“你可真讨人厌！”突然，我就在这个小孩身上看到了自己六年级时的样子，我出身平民，当时正在学校上学。被压抑的社会记忆经过与现实的接触觉醒了……通常来说，我来到课堂上，披挂着我在语法和文学方面的知识，而我面前是一些操着我不懂的萨瓦纳方言词汇的学生。这一现实迫使我承认：“我曾经也处于同样的境地，当时老师说：‘不能用这个词，这不是法语！’”不，那是法语，既然这是我们所使用的语言。或者老师会说：“不，这个词不存在。”不，这个词是存在的，既然学生说了这个词。和学生接触的时候，我意识到在知识传递的过程中有一种统治作用于我身上，我将之深埋在我优秀的学业成绩之下，而在无意中我又施展了这种统治。

科尼耶：您写作的时候是如何组织回忆的，有时候，我想，这些回忆数量甚巨，您是如何管理的？我尤其想到《悠悠岁月》一书，书中有大量重要的记忆。

埃尔诺：《悠悠岁月》是一本彻头彻尾的关于记忆的书，但要说清楚如何对记忆进行筛选并不容易。有一点是肯定的，记忆的筛选是在写作的过程中进行的，大部分时候是无意识的：比如说，为什么谈到1950年的这则广告而不是另一则……我感觉，写作的时候，在记忆和文本、句子之间会进行某种调整。我偶然在电脑上重读了《悠悠岁月》的某版手稿，发现有很多悬而未决的注释，也就是说等待着我做出决定将它们删除还是保留。五年后，我已经无法说出为什么我选择删去这处，加上那处了。我说不上来了，因为我已经不在文本里面，不在记忆与文本进行“谈判”的那个写作过程中了。这是记忆与写作的谈判，使得有些回忆被选中而其他的被剔除。刚才我读了一小段《悠悠岁月》里的文字，讲的是早期的“商业双周”活动，高音喇叭播放着安妮·科尔蒂和埃迪·康斯坦丁的歌。然而，我还记得当时很多其他歌手的名字。为什么我选择了他们，我不知道。当时还有莉娜·雷诺[1]、路易·马里亚诺[2]……但是我已经提过路易·马里亚诺了，我不能老是提他。你看，这就是我所说的写作中的谈判……

继续说“商业双周”吧，我对此有着无尽的回忆，还可以再写上好几页，但我的计划并非是要穷尽回忆，而是展现六十年间世界的转变。是这个转变的运动在写作中促成了某种内部的节奏，而这种节奏丢弃了一些回忆，令它们跌入不写的深渊。对，就是这样。是

---

1 莉娜·雷诺（Line Renaud，1928—）：法国女歌手、演员。

2 路易·马里亚诺（Louis Mariano，1914—1970）：法国男高音歌唱家。

文本在指挥，比记忆更甚。

科尼耶：是文本带着您在走，从某种程度上来说……

埃尔诺：是的，是文本，但它从不迫使我编造、改变一些细节。我忠于真实性。如果有些不准确的地方，那是记忆的偏差，我没有想要刻意去欺骗读者。

科尼耶：我还想向您提一个问题，关于您谈及伊沃托的方式。您有时通过一个首字母，有时通过全称来提到这座城市。这种提及、书写伊沃托的方式，也是地点想象的一部分吗？我记得您刚才提到了“神话之城”。

埃尔诺：是的，对我来说它是一座神话之城。在《羞耻》中，我声称无法写出“伊沃托”这几个字，因为它不是一个地理上的、写在地图上的地点，而是一个无名的起源之地，一个充满了无法定义之物的母体。我要把伊沃托展现为一座我走不出来的城市，事实上直到十八岁我才走出来！我们每年去个三四次鲁昂、勒阿弗尔，去个一两次海边，就完了。唯一的例外是我在《羞耻》一书中讲述过的那次去卢尔德的旅行，那是我童年的一桩大事。在那个时代，人们的旅行方式和现在不一样。我的父母在很长时间内没有汽车。伊沃托就意味着现实世界的边界。我的想象世界则是广阔的，这多亏了阅读。很多作家与年少时的故乡都有着复杂的关系。对司汤达来说，想到格勒诺布尔就有一种牡蛎消化不良的感觉。我想到伊沃托时并没有任何消化不良的感觉，但确实，当我回来的时候，我会突然失去思考的能力，仿佛被什么重物压住了。这无疑是想象，但我确信，当某人或某些人经过某个地方，这个地方就会保留他或他们的某些东西。当我一个人回到伊沃托——和别人一起回来就不一样，感受到的东西会少一些——那确实就好像再次潜入某个保留了好几层自我的地方。有童年时代的地层，有少年时代的地层。有爱情故事，有梦想。有各种生命中的初体验，那些最重要的体验。这是一张将我淹没的“羊皮纸”，就像俗话说的，“劈头盖脑”落在我头上。

有时候，某一次回来时的感觉要比其他时候更强烈。我记得，有一次走到基督受难路路口时，我看到了一个醉汉。当时是上午十一点，他就在那儿，醉醺醺的。那很可怕，因为我眼前出现了咖啡馆里的醉汉们，我的整个童年突然就在一片巨大的悲伤中重现了。酒精及其带来的创伤，我曾在1950年代的工人阶级中近距离目睹过。这个基督受难路的醉汉让这一切再次迎面而来。这里面涉及到精神分析领域中人们所说的“过不去”的某种东西。

科尼耶：您刚讲到一次重返伊沃托的经历，在讲座中您也提到了在店铺里听到的一些故事。可以说，这些童年时代听到的故事在您立志成为作家的过程中以及对您的写作方式起到了某种作用吗?

埃尔诺：长久以来，我一直认为没有，我认为这完全是不足挂齿的。后来，我意识到，我不是一个成长在封闭家庭中的孩子，而是整天被人所包围，很早就浸淫在各种故事里，这带给了我一种早熟的世界经验。在我写作的渴望里，我被一种感觉所驱动，那就是我具备别人所没有的知识。想要写作，也是这样，觉得自己有一些别人没说过的东西要说。就是这样一种野心。以前我常常想，我永远不要，就像我父母说的那样，“从事商业”。少女时代的我总是躲避顾客。放学回来，我穿过店铺，嘟囔一句“你好”，然后赶紧溜进自己的房间里。很小的时候，我就对妈妈喊：“有人来了！”

以此来告诉妈妈来了个客人，不，不，我再也不想见到那么多人。今天，我推翻这种看法，我可以说正是写作把我置于人群之中，重新与世界连接起来。而且说到底，这与商业是相关的，这是一种交换。商业交换的是商品，但也是——至少在那个时代，在超级市场出现之前——人与人的交流。而写作就是这样。

科尼耶：阅读也是……因为您也多次提到了书，提到了您对阅读的热爱。所以，一方面是那些讲述的故事，另一方面是您提到的这种对于书和文学难以置信的热爱，后者有时也有一种僭越的意味。这是否与您通过“非法方式”进入的文学语言有关联呢？

埃尔诺：没有阅读，就无法写作。与我的很多同学不一样，我通过阅读获得了很大的词汇量。我使用一些“艰深”的措辞，在保存下来的四年级和三年级的作文里，我注意到我用了虚拟式未完成过去时、简单过去时等。写作时我主动放弃了一种很讲究的、经典的法语，通过在我的书中引入“被统治者”的语言来对这种合法的法语进行僭越，正如我方才努力想说明的那样。但也许，您说的“僭越”是别的意思……

科尼耶：是的。

埃尔诺：年轻时候读过的很多书都让我有一种感觉，它们僭越道德和社会的既有法则，并为我打开了另一种看待和体验世界的方式。比如，我想到的有让-保罗·萨特的《恶心》，这本书在我十六岁的时候偶然落到了我手里，是一位叔叔借给我的，他是电工——阅读在平民阶层同样存在，我有几个表兄弟很爱读书——这本书震慑到了我。突然，现实在我眼中有了新的模样，我发现了一种闻所未闻的书写方式，贴近日常事物，贴近我们后来称为“生活”的东西，也就是说与我爱看的情感小说和课堂上讲到的经典文本都很不一样。

科尼耶：您也讲到了作品中的历史，尤其是在《悠悠岁月》里。让历史重现，这是不是一种寻找旧时光的方式？

埃尔诺：某方面来说，是的。我在四十岁左右的时候有了写《悠悠岁月》的计划。我感到一种需要，要找到一种方式来讲述一生。讲述一生，就像莫泊桑在《一生》中那样，但以不同的方式。与他不同的是，我无法将自己的生活与他人的故事，与时代的故事，与世界的故事分开。这就是为何《悠悠岁月》同时具有一种个人化和非个人化的样子的原因。个人化，因为所有人都明白那些描述中的照片是我的照片，那个小女孩、少女、照片中的女人，确实是我本人，但同时，我想要重写第二次世界大战直到 2000—2007 年之间的整个历史。为此，我需要夺回全部的时间。我不认为人可以在他所活过的世界之外重新抓住生活。我清晰地认识到，这个世界经历了翻天覆地的变化——这是我们这一代人的特权——尤其是在女性的生存境遇方面。社会在四十年间经历了比一个世纪更大的转变，因此我需要通过写这本书成为这一切的见证。是在回顾我的一生和历史的同时，两者叠盖在一起，我才有了成为时间主宰的感觉。

科尼耶： 您想要寻找什么，某种程度上，是失去的时光吗？

埃尔诺： 恐怕不是这样。我想我不是在寻找失去的时光，不。这个问题我问过自己。我不知道我在写作中寻找什么。另外，我在寻找什么吗？我会产生一些写作计划，一些写书的欲望，它们很迫切，很重要。当我写这些书的时候，我会产生这样的疑问：我在寻找什么？

答案通常是：拯救某些发生过的事情，或者某些发生在今天但以后会消失的事情。就像在《悠悠岁月》的结尾写到的那样：“从一去不返的时间里拯救某些东西。”并不是寻找失去的时光，是觉察到时光的流逝，展示光阴似箭，以及它如何将我们所有人都带走。

（掌声）

与公众的互动

现场提问：您讲了很多关于记忆的话题，我想就记忆的激发物——或者您有别的称呼——也就是照片，问您一个问题。此外，那本了不起的《书写人生》以影集开头，我很难将这本影集称为“纪念照片”。我感觉，在您的作品中照片的地位越来越显著，而且对您来说，它在激发回忆的过程中扮演了特殊的角色。您能具体讲讲是什么样的角色吗？

安妮·埃尔诺：您说得对。照片在我的写作中扮演的角色越来越重要，即便那些与我无关，并非私人的照片。照片构成了写作的激发元素，它可能还不仅仅是记忆的激发元素。面对一张照片，我立即就有了破译它的愿望，也就是说尤其是寻找它意味着什么或者它可能意味着什么，尽管同时我知道自己可能会搞错。这种对于照片的兴趣来自罗兰·巴特称为“刺点”（punctum）的东西，即当下所抓住的时间，那个瞬间，它既没有过去也没有未来，照片是一种纯然的当下。而这很迷人，这囚禁的时间。我不知道人们在照片上看到的是生命还是死亡。也许两者兼而有之。那些照片上的人对我们说“我活着”。而同时，我们知道，即便他们还没有死，他们已经不再是照片拍摄时的那个人。

《书写人生》开头的照片——照片日记——都是无可挽回地已经消失的时间的标记。它们的在场也是为了让人们意识到一生中社会环境的多样性，那些刻烙下我生命的地点，其中的重点是童年和青少年时期，以及家庭。如今，我在写作的时候无法不借助照片的介入，我会多多少少对照片进行描写。但我必须强调，如果说照片经常出现在我的书中，那是以一种被书写的方式，而不是其物质的存在本身：在《悠悠岁月》中没有展示任何照片。在我最新的《另一个女孩》中，我却加入了一些真正的照片。两张房子的照片。位于利勒博纳的我出生的房子，以及伊沃托的房子，后者是从背面拍摄的，坐落于学堂街。这些照片上没有人，没有活物，就像在《照片的用处》中那样，那本书里也有一些没有活物的照片，只有一些房间里，比如卧室、客厅里的凌乱的衣物。就仿佛我只能展示一些空置场所的照片……

问题：我想知道从什么时候开始您感到与原生环境，与您父母的环境和解了。

埃尔诺：就是在写作的时候。

问题：在写作的时候，也就是说从一开始？

埃尔诺：在1970年代初，从我有了要写一本书的计划开始，写完后我给这本书取名《空衣橱》。有些读者在读这本书的时候不屑一顾，因为在这本书中我贬低了我的父母，展现了他们的负面形象。他们没有看到，或者没有想看到，那就是小说主人公德尼丝·勒苏尔回忆和阐释中的童年和少年时代。童年时代，学龄前的那几年被简单地描写成天堂。那是杂货店的天堂，有糖果，有咖啡，等等。然后学校和书本将一点点揭露出这个世界并不“好”，她怪罪父母并不符合学校和主流眼中“好”的标准。显然，我不可能不经过思考就写下这一切，不可能不明白父母是无辜的，是分裂的、等级化的社会以及作用于这个社会的价值观和规则引发了出身于平民阶层的孩子对于父母的羞耻感。这本书来自对于父母的巨大负罪感和“分裂的爱”——就像我后来在《位置》中所说的那样。语气的暴烈无疑掩盖了一种深深的和解，我与父母之间分离的过程。我感觉到了，我也把它凸显出来了，我于是实现了和解。

问题：我是一个与伊沃托有家族联系的鲁昂人，参加鲁昂的一家社区电台节目。我写专栏文章，从好多年前就开始读您的书。首先，在周四写一篇关于您的专栏时，我读到了《新观察家》的一篇文章，您在其中说，您年轻时，从伊沃托出来的时候，您想“为您的族群复仇”。我想知道您是否这样做了。第二个问题，这很可能与第一个问题有关，您向皮埃尔·布尔迪厄致敬的那篇文章令我非常受触动——当时我是一名社会学系的学生。皮埃尔·布尔迪厄对您来说意味着什么？

埃尔诺：我是在1971—1972年间通过阅读《继承人》

和《再生产》发现了皮埃尔·布尔迪厄，那是一场大彻大悟，让一切变得清晰明了：我曾是一名获得奖学金的文学系学生，不像大多数在鲁昂大学里学习的女孩和男孩，他们出身布尔乔亚阶层，是文化和经济上的“继承人”。我对学习没有像他们一样的态度，我对文化没有他们那样的熟悉度，因此就产生了一种内在的不稳定。我所获得的成功意味着与原生文化的断裂和对主流文化的认同。事实上，多亏了布尔迪厄，我知道了自己是谁：一个“向高处降级者”，就像我前面说的那样。是阅读布尔迪厄使我投入了写作，就好像给我下达了写作的指令一样。这之前我已经产生了写作的欲望，写那些令我远离了父母的东西，从父亲去世，我进入教育领域开始就有，却是布尔迪厄迫使我最终有了这样做的勇气。

那么，我为我的族群复仇了吗，像我在鲁昂大学城的宿舍里宣告的那样？那很有野心，也许是一种愿望，是对兰波那句呼喊“我属于古往今来最低劣的种族[1]”的回应。也许我可以说，这次就像加缪那样，我没有增添世界的非正义[2]……我感觉，我的某些书使有些人意识到了他们以前不敢对自己说的东西，让他们没有那么孤独了，让他们感到更自由了，所以，也许是更快乐了。我想到《位置》《羞耻》《空衣橱》。也许我就这样为我的族群报了仇，通过在社会的不透明和读我书的人之间充当了调解人。这是一种象征性的报复。因为在更直接的层面上，政治的层面上，我的介入仅限于在报纸上表达立场。

问题：我想知道您是怎么工作，怎么写作的。您说到了时间，我想知道您写作的时间和节奏是怎么样的。

埃尔诺：这不一定。我尽量每天都写，但出于一些实际的原因，会面、紧急购物等，我做不到！不然的话，我感觉上午是最适合写作的，但下午一两点后不行。有时候，我写得很少，但实际上我一直在思考。我会一直思考我在写的书。就好像……就好像我生活在两个平面上。我生活在现实当中——就像现在，另外还

---

1 语出自兰波《地狱一季》中的《坏血统》一诗。

2 语出自加缪的戏剧《正义者》第二幕。

有一个平面，那就是我手头的写作。实际上这是一种强迫症。我有时候会想，我没有好好享受生活。说到底，我不知道什么叫做享受生活，因为我一直有写作的强迫症。然而，当我回顾我在二十岁时的野心，我的写作欲望——我不知道这是件好事还是坏事——的时候，我对自己说，我成功地做到了自己想做的事情。这无疑是最重要的。

（掌声）

埃尔诺：感谢大家的热情参与，你们真的是非常、非常棒的公众。现在我可以确信：我与伊沃托和解了！

后记

读安妮·埃尔诺的书，往往会认出自己的一部分：一个时期，一些习惯，日常的字词和动作，一些很久或不久以前显现的想法或者画面，以及一些情感或者激情。总之，它让人回到自己的记忆中，然后去询问、挖掘、重新拥有。事实上，这些自传作品并不是一种对自我的讨好，而是一种体会他人经验，体会他人通过历史或日常生活中的事件，通过邂逅、相逢和爱情来寻找和找到自己。通过文字，一个世界、一个时代被记录下来，保存在文本的厚度之中——对读者来说，这也是一个被保存起来的、镜像的世界，他们也被邀请着进行回忆，回溯自己和自己的生活。

对安妮·埃尔诺来说，这也是一次回溯。她于2012年10月13日这一天前来与五百人之多的广大读者见面。他们来聆听安妮·埃尔诺的发言，阶梯会场中人头攒动，令人印象深刻。她身穿黑色套装，在桌子和麦克风前坐定。在讲话中，她谈到了对伊沃托的回忆和文学创作，吸引并成功虏获了听众的心。在采访与听众交流环节之后，这位作家开始了长时间的签名会。在三个小时的时间里，她面带微笑地为每个人寻找着特别的寄语。与此同时，风车剧团在大厅里表演《简单的激情》一书的文学改编剧。演出结束后，那些之前没能轮到签名的读者加入了等待的队伍，直到晚上八点仍未散去……

这个正式回归得到了热烈的掌声，也给了安妮·埃尔诺机会去谈论伊沃托在她的作品和生活中所代表的意义——因为这两者是不可分割的——同时也证实了她书中回忆的真实性。

安妮·埃尔诺出生于利勒博纳，在诺曼底小城伊沃托度过了她的童年和青少年时期。伊沃托位于科地区，从鲁昂到勒阿弗尔的国家公路从城中穿过，它的中心地位使其成为交通和交流的要道，火车站和铁路连接起巴黎到勒阿弗尔之间的运输。在市中心，当地生活围绕着位于圆乎乎的现代教堂前的“勒梅尔大街”（由步行街沿街的商店组成）展开。曾经，这座拥有斑斓的玻璃彩窗的教堂在很长时间里一直是人们的好奇心所在，后来成为了这座城市的骄傲。

1945年，当安妮·埃尔诺来到伊沃托时，她五岁。她的父母曾在这里度过了自己的青春岁月，这次回来之后就再也没有离开。在1950年代，她看着新的市中心从战争的废墟中拔地而起，那是一座由浅色的石头建成的建筑群，随着时间的推移变得黯淡。很快，她就梦想着离开这个城市。1958年，她前往鲁昂继续学业。伊沃托是一座她不时回归的城市，而其中的一次回归是至关重要的。事实上，正是在1967年6月回家探亲时，父亲突然去世。她当时在伊沃托逗留了一段时间，这促使她写出了《位置》，这本书让她为大众所知。之后，她将一次次探望成为寡妇的母亲，并在《一个女人》中加以叙述，之后是探访墓地和母亲家族的经历，被写进《迷失》中。

然而，伊沃托这个城市在最早的三部作品中并没有被命名，只有伊沃托的读者和内行人才能在《空衣橱》中“克洛巴尔街”（Clopart）的背后辨别出她的家庭居住地“克洛岱巴尔街”（Clos-des-Parts）。同样，在安妮·埃尔诺的第一部不带任何虚构元素的作品《位置》中，伊沃托仅仅以首字母Y表示。母亲去世后，它才以全称的形式出现在《一个女人》中，但在《羞耻》中又被首字母代替。这部作品从封闭、秘密的地下室开始，然后非常精确地描述了整个城市的地志，接着是指名道姓的街区和街道的地志，最后渐近式地描写了咖啡杂货店，这个过程让人想到电影中的推镜头。我们在后来的作品中又看到了伊沃托的全名：《悠悠岁月》刻画了一个时代的图像，《另一个女孩》则讲述了叙述者在学堂街上得知已故姐姐的存在这一重要时刻，她再次看到了学堂街的“燧石、坡道、篱笆和逐渐消逝的光线”。

因此，伊沃托在埃尔诺的作品中占据着举足轻重的位置。就像《羞耻》的叙述者写的：“（它是）无名的源头之地，当我回到那里，立即就被一种麻木所击中，失去了所有思考的能力和几乎所有具体的回忆，就仿佛它要再次将我吞没。”这句话承载着一种强烈的情感，与童年、社会出身、学校、青年时代的断裂和求学经历密不可分。它也包含着深刻而陌生的感受所带有的诗意而隐秘的全部维度。伊沃托是天伦之乐、无尽的梦想和阅读的场所，也是秘密和屈辱的场所，以一言概之，它是人格和作家志愿的建构场所。伊沃托因而同时存在于作家的记忆和想象中，她所讲述的这座城市属于过去，它被书写成文字，化为兼具文学性和现实性的场所和个体命运上演的土壤，而这些个体命运则变成了某个社会阶层和时代样本。

离开伊沃托和诺曼底后，安妮·埃尔诺曾在波尔多和安纳西居住，机缘巧合又使她来到巴黎地区的塞尔吉这座当时正在建设中的新城市。它为《局外日记》和《外面的生活》贡献了背景。这里是舞台的另一面还是镜子？伊沃托是一座重建但历史悠久的城市，与之相反，塞尔吉则是在20世纪70年代拔地而起的新城市。然而，安妮·埃尔诺正是在这个没有记忆的都会城市通过观察每个她遇见的人的面容、态度和举止重新找到了她的过去。她将在这里建立一部以昨天或今天的记忆为基础的作品，以活在她内心深处的这个世界的图像为书写对象，并逐渐破解和揭示它。一个词语的网络在时间和空间的交织中，在起源之城和新城之间被构建起来。它使遗忘的记忆重新浮现，向我们述说历史、世界性的事件或日常生活中的事件。在作品中描述的记忆的影像、家庭相册照片让文本充满了生活的厚度，这些档案是表明过去存在的证据，也是她试图挽救的这一切的证据。最近的《书写人生》中开头的“照片日记”是一个意味深长的例子，它展示了她想让生活与文学重合的愿望。尽管叙述者明确指出它“不是她书中的插图”，但读者纷纷试图在叙述中认出被提到的人物、地点和风俗。

《我的青春之城》符合安妮·埃尔诺写作中这一不断显现的理念，她要创作一个真实的作品，投入她自身，让她所写的文字充满生命的实感和逝去时光的现实感。

玛格丽特·科尼耶

2013 年 1 月